冬の夕焼け

高田昭子

思潮社

冬の夕焼け

高田昭子

思潮社

装幀＝思潮社装幀室

目次

冬の夕焼け

夢の循環

風が吹いている
わたしのからだは風を切り開く
背後ではまた風は束ねられ
風の行方は途方もない

時おり霧がたちこめて
なにも聴こえなくなるとき
そこに在るものたちの

気配だけ

生きものの温い呼吸
年寄りの樹のささやき
朝まで眠る小さな花たち

今夜は樫の樹の根元で夢をみよう
わたしの寝息を樫の樹は吸いあげて
やがてわたしのなかに還ってくるだろう

眠る児たちよ

わたしの眠りのなかには
たくさんの小さな児が眠っている

小さな児の眠りのなかでは
もっと小さな児が夢をみている
眠りは夢を孵化しつづけている

闇の奥から幽かな呼吸音が

幾層にも聴こえてくることがある
眠りは果てしなく深い
眠りの底はどこだろう
小さな児たちが
知らないままに飲み込んでしまった
死の種は無言
永い間　ただ無言

あの日　わたしは危うい眠りから
どうやら目覚めたのかもしれない

そして小さな児たちの
幾層もの眠りの扉を

開けてゆくのだが
小さな児たちは目を覚まさない

微かな記憶を引き寄せて
そこからまた一日が始まる
朝を迎えられなかった幾多の児たちよ
わたしは今朝も
目覚めることができました

一日ごとにわたしは
飢えて死んだ児の分まで
泣き声を抑えられて窒息した児の分まで
引揚船から米兵に海に投げ込まれた死児の分まで

わたしは生かされてきたのではないか
母の薄い乳を飲み
父の温い胸に抱かれながら

幼子たちの密かな寝息が聴こえてくる夜
産まれてきたことの意味
八月に死ななかったことの意味
わたしは幾度も問い直している

幼い死者たちは
もう何も答えない

空の鳥籠

空と地上のあいだ
みえない鳥籠が揺れている
空はやがて地上と了解して
ちいさな鳥を手放した

わたしの胸骨の籠のなかには
一羽の魂の鳥がいます
天に放てばたちまち天に抱きあげられ

空虚とともに落ちてくる

椋鳥が騒ぐ
カラスが大声で鳴き交わす
母雀が小雀を呼んでいる

言葉を失ったわたしは
鳥たちの声を聴いている
ヒトに生まれて幸せだったのか？

八月

アゲハチョウをつかまえて
透明な入れ物にいれて
しばらくみていたが
窓から放してしまった
一度だけの死を
待つ前に手放して
思い出だけを生きる
終章のないお話

夜更けの部屋には
遠い潮騒が聴こえてくる
見えない海は耳にあふれている
どこの海だったのか
いくつもの夜を揺れながら
辿りつけない思いに溺れてゆく

蟬しぐれ　蟬しぐれ
声を限りに鳴きなさい
束の間のいのちの時間
そして　空蟬　空蟬　空蟬

そしていつまでも
死者たちは八月に佇んでいる

子守唄

どこにも託されることのない眠りを
あてどなく繰り返している
いのちの重さを測ろうと
天は秤を下ろそうとしている

目を閉じると
胸に闇が降りてくるので
からだを横向きにして

夢の不寝番をしている

朝に目覚める
わたし　まだ生きているみたい
窓辺の日差しがまぶしい

昨夜の夢は覚えていないが
今日も生きるだろう
明日も　きっと……

秋天

あんなに高いところに
やさしい鱗雲を浮かべる
静かな天の仕事がある
正午　ふいに時間が止まる

午後　足元から伸びる長い影は
離れることがない
きっと　なにものかの死とひきかえに

ここに一つのいのちが立っているのだろう

そして　夕焼け
黒い樹々は赤に包囲されながら
みずからの姿を確かめようと時折揺れる

午後十時　月が明るい
どうにもならないことがあっても
いつでも兎はぼんやりとそこにいる

秋のソネット

満月　猫の夜遊び
川面に映る月の震え
時折　月を隠す雲の移ろい
ゆっくりと歩いてゆく

厳しい夏の日々をどうやら生きて
安らぎの時に佇む
わたし

いつまで生きるのだろう?

朝の草叢を
二匹の小さなキタキチョウが
ハタハタと命の限りを飛び続けている

午後のベランダには
赤蜻蛉がゆっくりと羽を休めている
季節は繰り返される

小さな湖

わずかな風にも
さざめかずにはいられない

空の色の
そのあやうさにおいて
映さずにはいられない

深い森のなか

そこだけにひかる漣
もうそこに集うものはいない

舞い落ちる花びら
力尽きた綿毛
色づいた落葉を浮かべ
そしていつか沈めてしまう

そこに
手を差し入れると
音もなく広がる水紋

向こう岸に

老いた鹿が水を飲みにくる
広がる水紋

そうして
二つの水紋が
静かに出会う

父の童話

広い草原の樹の根方に
一人ぼっちの小さな女の子がいた
そこに通りかかった父は
その子を馬に乗せて
母のところへ連れていった
「拾われた子」という思いはなく
女の子はそのお話がいつでも好きだった

女の子は五歳になった
父は部屋で寝転んでいる
そばに行くと
父の両掌が椅子のように差し出される
その椅子に揺れながら
二人はお喋りをしていた

父が立って庭を見ている
そばに行くと
父の腕が横に伸びる
そこが少女の鉄棒になる
父の腕は揺れなかった

あんなにも父を信じていた
幼い日々は瞬く間に過ぎて……

命の水際
父は必死に語り掛ける
聴き取れない自分がもどかしい
「さぁ、出発だ。」そこだけ聴こえた
父はどこへ行ったのだろうか?
それが父のお話の終章だった

母の貌

母は死んでしまった
あの夜　棺を覗くと
冷たい貌は
美しく化粧をされていた

その時突然
見知らぬ白髪の男に手を摑まれた
微かな温もりのある手が

私の手をさする
そして涙を流している

おそらく
貴方は時間の駅を間違えています
母の駅ではなく
……もうそこにはいないけれど……
私の駅に迷い込んだのでしょう
よく似た貌の駅ですから

闇の向こうから
母の貌が現われる
貴方に見えますか？

母の死は
その生涯を私に繋いだようです
「この方はどなたですか?」

悲歌

愛しさに
ひとの名を呼んでも
木霊還らず
死者ばかりが天にひしめいている

引き剝がすように
生きているひとたちから離れる
言葉の滞留は許されない

こころに張った弦を引き締め直す

小夜曲の完成まで
愛するひとは生きていなかった
葬送曲ができるまで
ピアニストは生きながらえよ

美しい裸婦像を彫っている
振り返って見慣れた女を見たとき
その戸惑いに打ちのめされて
ふいに足場を失った彫刻家よ

熱い季節を過ぎれば

夕暮は次第にはやくなる
愛と死との均衡は
いつでも危うい……

秋から冬へ

ものみな枯れてゆく時に
葉を赤や黄に染めて
鮮やかに蘇る樹々が
青天に枝を張り出している

夕日は落ちる間際に
激しく　赤く
地平線を焦がしている

そして静かに落ちる

冬の日々を迎える前に
鮮やかな命の色
染め上げて

小さな力で生きる日々を
迎え入れようと
冷えたからだを抱きしめる

砂の夢・冬の目覚め

熱い砂に
点々と窪みを残し
足裏にその熱を感じながら
歩いていた
私の影と雲の影が砂上をゆっくりと移動する

大きな鳥がしわがれた声で啼き
激しい羽音をたてながら

飛んでいる
「まだですよ。」と呟くと
鳥は上空を目指した

亡父の遠い昔の物語によれば
この砂漠の向こうの草原に
一本の大きな樹があるはず
その根方に小さな女の子がいるはず

若い父はその女の子を
馬に乗せて母の元に連れて帰った
それが父母と私の出会いだった

父の膝の上で揺れながら
幾度もその物語は繰り返されて
あの旅と父の物語は切り離し難い夢のよう……

雪がふる　時がふる

時間はしずかに降っている
わたくしは
きっとどこかにたどり着けるだろう
地点でもなく　安息の場でもなく

空と地上のあいだを雪が舞い
闇が深くなって
地上はやがて「夜」と了解する

雪は降り続ける

平明な言葉に
キー・ワードを降らせた夜更け
一しずくのメッセージが
解けてゆく夜明け

まぶしい朝の窓辺
あたたかいコーヒーを飲みながら
「断念」とつぶやく

時間は止まらない
今の時のなかで

過去や未来を
自在に行き交うことはできない

わたくしの時間は
朝ごとに歩きはじめる
初雪に足跡を残して
ニュース紙を取りにゆく

冬の夕焼け

夕食の支度を始める頃
晴れた日には
西の空が美しい色に染まる
小さな富士も赤く燃えている

赤い地平線が見渡せるところまで
行ってみたいといつも思う

米をとぐ
野菜を洗い　刻み
肉を切り　魚を捌き
命あるものを人は食うのだ
時には俎板を赤く染めることもあって

釜から湯気が立ちはじめる
朝の鶏の鳴声とともに
嘴から立ち昇る白い息に似ている

やがて陽は地平線に降りて
夜空に変わる
夕暮は次第にはやくなる

豊かな死の収穫期まで
みなかなしく生きのびよ

*

春の児

わたしの誕生を司った天使が言った
喜びと笑みをもって形作られた小さな命よ
行きて愛せ、地上にいかなる者の助けがなくとも。
（ウイリアム・ブレイク　中野孝次訳）

春のあけぼの
産声が聴こえる
小さな柔らかな手が世界をまさぐる
触れたものを摑む強い力

小さなからだ
重いいのち
そして

長い日々を生きてきた私たち

その命の貨車を
産まれ出た者が繋いでゆくのでしょう

微かな軋み音をたてて
春の駅から
小さな命の列車が旅立ちます

天上の人々よ
これらはすべて
美しい春の地上の出来事です

（二〇〇八年　春に記す）

月あかり

雨上がりの春の夜
少年はやわらかな畦道を歩いている
水の張られた田んぼには
まだ早苗が植えられていない

夜の水田は
ゆるやかな地の引力によって
しずかに張りつめている

畦道を歩く少年の足裏がやわらかく沈む
その引力の仕業だろうか
それとも知らずに
小さな足跡に小さな水たまりが生まれる

おおきな水たまりは
水の浮力が満月を浮かべているようだ
隣の田んぼにも　その向こうにも
月は際限もなくあらわれるのだった

少年の夜の夢のなか
月は地上の水田に降りてくる
いくつもいくつもいくつも……

夜明けの村

空が明るんできた
山々はまだ暗い
山頂付近の残雪だけが
光に応えている

人々は静かに一日をはじめる
牛と羊が
若緑の草原に放たれる

犬が走り　猫が見守る

黄色の通学バスがゆっくりと走り
子供たちを次々に乗せてゆく
帰宅すれば優しい母たちが
クッキーを焼いて待っている

都会に出た若者が帰ってきた
坂道を上り　坂道を下り
人々は変わらずに働く
彼はその緩やかな時の流れに
再び漕ぎ出してゆく

雪が溶けて
緑がまぶしく萌えだす頃
村は青い呼吸を始める

牛や羊の児が産まれる
その命の湯気の白さ

キッチンはいつも
女の手で磨かれていた

日時計の村

死者たちよ
もうおしゃべりはやめて
日時計の巡る音に耳を澄ませて

あなたたちの声がいつも消してしまう
新芽の小さなあくび
水面に落ちる花びらの音
河を渡るタンポポの綿毛の悲鳴

朝粥のつぶやき

男は春の畑を耕す
女たちは種を蒔く
こどもたちは朝の校門をくぐる

この村の時間は
生きるものの上をゆるやかに過ぎる
どこよりも夜明けが速い
日暮れはなかなか訪れない

男は春の墓を掘る
亡霊たちの声をたぐりながら

百年前の詩人の墓を掘りかえす
二年前の恋人の墓を掘りかえす
死者たちよ
もう呼ばないでください

地の闇は地の闇のもの
男の背中をあたためている陽が
生きている男のもの

死者たちは　やっと
男の影で沈黙する
そうして日時計が夕刻を知らせるだろう

欅並木

あたたかなひかりに
大欅の若葉が目を覚ます
目覚めてから知った
自らの小さな影

老いた樹は囁く
「その美しい影にも耐えておくれ」

樹々は日毎に葉を茂らせる

繁茂する葉たちの
とりこぼした光が揺れて
歩道にたくさんの点描画を描き続けている

この樹々の下を歩いていると
ゆっくりと壊れてゆくものの気配がある
幾筋もの光に射貫かれながら
緩慢な死の影は密かに揺れる

どうやら生きてきた
この日々の果てに
無口に揺れる
大きな影

桜

時には季節の乱調
咲き初めの桜に　雪降り積む
老いた桜の枝は
その重さに耐え
花首を垂れ
陽光が溶かす時を　ただ待っている

そうして老いた桜は

幾層もの時間を生きてきたようだけれど
桜の樹の誕生の時を見たことがない
こんなに生きてきたのに……

桜が咲く度に
胸の内にも
捉え難いものばかりが咲いていた

まどろむ春を揺すると
春嵐
春雨
そうして桜は散ってしまった

海は冷たい

まだ海は冷たい
女は季節を切り裂いて飛び込む
豊かな肉体の沈みきらぬ一瞬に
女の両足裏は一尾となった

舟の上では男は命綱を握る
女のわずかな合図に男は綱を引く
水面に豊かな収穫が浮かんでくる

女の体は海の浮力から
地上の重力に従う
船縁を摑む女の手を
男が無口に引き上げる

女は海の底を彷徨う
揺れ揺れる　いのちの舟べりで
男は今日も無口に待っている

夜になると胸に闇の錘が降りてくるから
女はからだを横向きにして
男の夢の不寝番をしている

潮騒は休むことなく
窓辺に届く
塩辛い夜気に包囲されたまま
ひたひたと海辺の夜は深くなる

水色の毬

揺れるバスの中で
ひとは葦のようにそよいでいる
そこから　一人のおさなごが零れた
水色の毬も零れ落ちた

毬は途方に暮れている
毬を追いかけるおさなごは幾度もまろぶ
人々の視線が風となって

おさなごと毬を追ってゆく

その間に　桜は散り
欅は新芽を噴きあげ
電線がたわみ
バスは季節を走りぬけていった

水色の毬がまろぶ
バスのなかは水びたし
おさなごは魚になって
バスは四角の海になって

そうして夏が来た

梅雨明け

川面のさざ波が
岸辺の草々の影を揺らしている
わずかな風に
とても咽喉が乾く

夕陽はすべり落ちてゆく
地上は微熱を残して
夜の領域にはいる

死者ばかりがなつかしい時間

鼻づまりのミンミンゼミの合唱
夕暮れの空気を震わせて
キッチンの窓辺に届く

夏の夕食を待っているものがいる
今日もわたくしは
刃物を研ぎはじめる

孤児のように

胸に手を当てると
繰り返し繰り返し
音もなく
水輪が拡がる時がある
暗い泉が
ひとの内部にはあるらしい

たくさんのひとが死んだ

永い人生のなかで
限りなく繰り返されてきたこと
何とか生きてはきたが
わたくしもいつか
死者の世界へ行くのだろう

今はただ
暮れなずむ空の下
クシャミをしているだけ
誰にも聴こえないけれど
一人で笑った

時雨の午後

遠いひとに
手紙を書こうと思った
この世の孤児のように
生きている

風の吹く日

初夏の風が渡る街の交差点で
信号が青に変わるのを待ちながら
遠い草原を思っている

人々の暮らしは
馬の背にまたがり
土埃をあげながら歩み続けてきた
来歴に来歴をつなぎ続け

その先には　いつも
すこやかな赤児の産声が聴こえていた

夜の草原に雨が降っている
獣の亡骸の胸骨を濯ぐ澄んだ水音
雨音にまぎれて聴こえてくる子守唄
生きている者たちの風景と
死んだものの風景は
ひとつの草原で結ばれていた
そして風も雨も
生にも死にも等しく吹き渡り　降る

風が吹くたびに

あの草原を思っている
いつごろからか
わたしの胸のなかには魂を運ぶ鳥が棲みついて
時おり風を読む練習をしている

信号が青に変わった
わたしはまたこの街の風の中を歩き出す
その鳥とともに……

高田昭子　たかた・あきこ
一九四四年七月三日哈爾浜生まれ、栃木県足利市出身
詩集
『河辺の家』（一九九八年・思潮社）埼玉文芸賞準賞
『砂嵐』（二〇〇二年・皓星社）埼玉文芸賞大賞
『空白期』（二〇〇六年・水仁舎）
『胴吹き桜』（二〇一八年・思潮社）

冬《ふゆ》の夕焼《ゆうや》け

著者
高田昭子《たかたあきこ》
発行者
小田久郎
発行所
株式会社 思潮社
〒一六二-〇八四二 東京都新宿区市谷砂土原町三-十五
電話 〇三(五八〇五)七五〇一(営業)
〇三(三二六七)八一四一(編集)
印刷・製本
三報社印刷株式会社
発行日
二〇二二年七月二十五日